minilecturas

EL ECO FANTASMAL DE UN KOTO

Natsume Sōseki

EL ECO FANTASMAL DE UN KOTO

TRADUCCIÓN DEL JAPONÉS DE ÓSCAR TEJERO
PRESENTADO POR MARIANA ENRIQUEZ

Nørdicalibros

Título original:
琴のそら音

© De la presentación:
Mariana Enriquez
© De la traducción:
Óscar Tejero

Ilustracion de cubierta:
Kazumasa Ogawa, 1897

© De esta edición:
Nórdica Libros, S. L.
C/ Doctor Blanco Soler, 26 · 28044 Madrid
Tlf: (+34) 91 705 50 57
Primera edición: septiembre de 2025
Primera reimpresión: octubre de 2025
ISBN: 978-84-10200-48-7
Depósito Legal: M-18360-2025
IBIC: FA • *Thema:* FBA
Impreso en España / *Printed in Spain*
Gracel Asociados (Madrid)

Directora de la colección:
Eva Ariza Trinidad

Diseño:
Nacho Caballero

Maquetación:
Diego Moreno

Corrección ortotipográfica:
Victoria Parra y Ana Patrón

Sōseki

Mariana Enriquez

Dos amigos, compañeros de clase cuando eran estudiantes, se visitan. El que llega, sentado con su tazón de porcelana entre las manos, está de pésimo humor. No tiene tiempo de nada, se lo ve desmejorado físicamente y hasta se irrita al ver que Tsuda, el anfitrión, está dedicado a sus libros, cubiertos de anotaciones. Cuando se entera de que el tema de estudio del amigo son los fantasmas, se enfurece en su fuero íntimo, aunque no se lo dice. Lo piensa, y los lectores nos enteramos: «Dedicarse tan alegremente a leer sobre fantasmas mientras los demás nos afanamos sin descanso me parece el colmo de la indolencia». Tanto que se pone virulento y sigue desgranando su insatisfacción con saña. Tener casa propia le parece una desgracia. No se siente dueño de nada. La sirvienta le arruina la vida en vez de ayudarlo, con sus constantes críticas y demandas. Y así sigue, con el solo propósito de amargarle el rato juntos al amigo, sin piedad porque Tsuda aún vive en una pensión y sueña con la independencia. Mientras rumia sentimientos de desprecio —la porcelana es de saldo, el té que le sirve es barato— desgrana lo que de verdad le molesta: son las supersticiones de su empleada y de su suegra. Cierta idea de una maldición, la casa mal orientada, un monje que vaticina desgracias, un perro que no deja de aullar. Tsuda escucha paciente: tiene un as bajo la manga para devolverle el mal rato al amigo quejoso y arrogante. Esa semilla de inquietud que le planta es una historia de fantasmas. No vamos a contarla aquí, para no continuar con la trama de esta deliciosa historia de Natsume Sōseki, pero podemos explicar a qué microgénero fantasmal pertenece. Es un fantasma de despedida: aparece antes de su muerte para decir adiós; el que lo ve reconoce al ser amado, aunque es imposible que esté presente de carne y hueso. Los investigadores contemporáneos de lo paranormal investigan el fenómeno, porque es uno de los más persistentes en el relato paranormal. Creen que es una comunicación telepática: el que está por morir le manda un último mensaje a la persona que ama, que está lejos. Un hijo en el campo de batalla se despide de su madre. Un abuelo en el hospital dice adiós a su nieto más querido. Alguien ve a su pareja al borde de la cama cuando debería estar de viaje y, al día siguiente, se entera del choque de trenes donde perdió la vida. Son fluctuaciones bioenergéticas que alteran nuestro campo eléctrico. Estamos hechos en parte de electricidad y, sabemos, la electricidad se transmite.

No hay por qué creer en esta explicación, pero es interesante saber que, de tanto repetirse, los casos recibieron atención académica —en la Universidad de Edimburgo, la Parapsicología se estudia en la carrera Psicología, por ejemplo—. Quizá el cuento folklórico sea más real que cualquier racionalización. Como sea, Tsuda lo usa para una de las más antiguas e inocentes venganzas: sugestionar al otro. Y Sōseki se encarga del resto en un relato tenso y divertido, lleno de imágenes hermosas y perturbadoras.

«Estaba convencido de que, tras la Restauración Meiji, los fantasmas habían pasado, de una vez por todas, a la historia», dice el narrador. Es una de las puntas del hilo para retratar a Natsume Sōseki. La Restauración Meiji (1868-1912) significó la caída del gobierno militar de los Tokugawa y la apertura de Japón a Occidente, con un programa de reformas muy veloz e impensable, un verdadero terremoto. La vida de Sōseki, que nació en 1867, coincide casi exactamente con este período y encarnó el espíritu de la época. Así expuso este momento bisagra cuando era estudiante: «A menos que desechemos totalmente todo lo viejo y adoptemos lo nuevo, será difícil que alcancemos la igualdad con los países de Occidente. Aunque hacerlo así va a debilitar el espíritu vital que hemos heredado de nuestros antepasados y nos puede dejar inválidos». Habitar como intelectual semejante era, cuando la identidad cultural debía ser resignificada —era inevitable que lo fuera: Japón casi no tenía influencias externas—, era para valientes. En la Constitución de 1868, el emperador Meiji decreta el fin de las «prácticas oscurantistas»: desde entonces se promueven otros saberes. En este relato, ese monje agorero, esa sirvienta que escucha aullidos, ese miedo ancestral, son de alguna manera el fantasma del viejo Japón. Y el protagonista, como suele suceder en las obras de Sōseki, sufre en carne propia las secuelas de la masiva convulsión cultural.

Natsume Sōseki, el escritor cuyo rostro supo estar en el billete de mil yenes de su país, tuvo una vida bastante particular. Fue dado en adopción varias veces de niño y luego restituido a su familia original; años después, su padre adoptivo lo chantajeó, y su madre murió cuando era adolescente. Aunque sociable, siempre fue melancólico, quizá por esta infancia compleja. Su primera formación fue clásica: obras chinas y confucianas, pero en la universidad estudió Literatura Inglesa. Era un hombre de dos mundos, un japonés moderno. Escribió haikus y poesía china toda su vida, pero también se lanzó decidido a la novela, un género que no tenía tradición como tal en Japón —sí la narración larga, no la novela a la manera occidental—. Su vida entera fue el complemento de tradiciones: cuando se enfermó de tuberculosis, muy joven, se recuperó en un templo zen leyendo a Percy Shelley. En 1900 viajó al Reino Unido como becario del Gobierno, y detestó el viaje, el país, a los británicos; pero a su regreso en 1903 reemplazó a Lafcadio Hearn, el autor de *Kwaidan*, en su puesto como profesor de Crítica Literaria de la Universidad de Tokio. Cuando, en 1905, le publicaron sus primeros textos de ficción, dejó la docencia y se dedicó al periodismo literario. Todos sus textos son clásicos en Japón, pero entre los más populares están esa belleza que es *Soy un gato*, publicada originalmente en la revista *Hototogisu* en 1905, la magistral novela *Kokoro*, de 1918, y el extraño *Diez noches de sueños*, de 1908. *El eco fantasmal de un koto* se publicó entre 1905 y 1906 en una de las revistas con las que colaboraba.

Natsume Sōseki murió de una úlcera estomacal en 1916. Después de su muerte, su cerebro y su estómago fueron donados a la Universidad de Tokio. Su cerebro, preservado, aún sigue ahí.

EL ECO FANTASMAL
DE UN KOTO

—Vaya, es todo un acontecimiento verte por aquí. Hace mucho que no te pasabas —dice Tsuda atenuando la llama al rebasar el tubo de la lámpara de aceite. Y me pongo a pensar, tres dedos jugueteando con el tazón de porcelana Sôma sobre mis pantalones, amenazando con rasgárseme por las rodillas de lo tirantes que me quedan al sentarme, que, en efecto, tiene razón; no me había pasado por la casa de huéspedes desde Año Nuevo, y los cerezos ya están en pleno apogeo.

—Hace tiempo que quería venir, pero nunca encuentro el momento.

—Bueno, es normal. La vida nos ha cambiado, ya no somos estudiantes. Supongo que no saldrás del trabajo antes de las seis.

—Por lo general, no. Llego a casa, ceno, y, cuando me quiero dar cuenta, se ha hecho la hora de irme a la cama. Ni me planteo seguir estudiando… ¡Si apenas me quedan fuerzas para acercarme a un *onsen* y bañarme como es debido! —Dejo el tazón sobre el tatami, y no puedo evitar recordar el día de mi graduación con una punzada de amargura.

Mi comentario despierta cierta compasión en Tsuda:

—Ahora que me fijo, te veo más delgado. ¿Estás pasando una mala racha? —Pues no sé si será mi imaginación, yo en cambio lo veo mejorado desde que acabamos los estudios, y eso me saca de quicio. Hay un libro abierto sobre el escritorio que parece interesante, con notas a lápiz en la parte superior de la página derecha. «¡Pues sí que está ocioso!», me digo con envidia y no poco rencor, pero de inmediato me embarga un sentimiento de culpa.

—Veo que sigues tan aplicado como siempre. ¿De qué se trata? Lo estás analizando a fondo… Hasta lo estás anotando.

—Sobre fantasmas —contesta con extrema placidez. Dedicarse tan alegremente a leer sobre fantasmas mientras los demás nos afanamos sin descanso me parece el colmo de la indolencia. Si al menos pudiera alegar que el tema se ha puesto de moda, aunque ni a esa excusa puede aferrarse…

—Me encantaría tomarme las cosas con la misma calma que tú, tener tiempo para derrocharlo indagando sobre el otro mundo. Al salir del trabajo aún tengo que volver desde Shiba hasta el final de Koishikawa..., ¡como para dedicarme a leer sobre lo paranormal! Si soy yo el que tiene la sensación de estar convirtiéndose en un fantasma a marchas forzadas.

—¡Me había olvidado de tu mudanza! Dime, ¿qué se siente al emanciparse? ¿Te ves ya señor de la casa? —Una pregunta de hondas implicaciones psicológicas, como cabe esperar de un perito en asuntos espectrales.

—Pues no, y, en verdad, preferiría seguir en la pensión. Si al menos pudiera tenerla medio adecentada... Hiervo agua en una tetera de latón y me lavo la cara en una palangana de hojalata. No me siento dueño y señor de nada —admito de mala gana.

—Pero es *tu casa*. ¿Tener tu propio hogar no te proporciona cierta satisfacción? La propiedad refuerza el vínculo. Esto es así, es un principio básico. —Tsuda impartiendo lecciones psicológicas sobre los misterios de la psique. Estos eruditos..., en cuanto te descuidas se ponen a disertar.

—Tal vez si me autosugestionara para convencerme de que soy el amo de la casa..., pero no la siento mía. Solo lo soy a título nominal. Sí, en la puerta he colocado mi nombre… ¿Y qué? ¡Para lo que me sirve! Un inquilino que paga de renta siete yenes con cincuenta sen tampoco es gran cosa, ¿no? Sería algo así como un subseñor en el rango más bajo de la escala funcionarial de los propietarios. Para ser un señor en condiciones te tendrían que nombrar por designación imperial o por recomendación del primer ministro. En fin, no he tenido más que problemas desde que dejé la pensión. —Me dejo llevar por la irritación, aunque sin perder de vista su semblante. Al mínimo indicio de condolencia, volveré a movilizar la retaguardia de mi descontento.

—Entiendo, es normal que te sientas así. Por otro lado, es natural que nuestros puntos de vista difieran. Llevo mucho tiempo viviendo en una pensión, en cambio, tú ya te has independizado. —Mira que es enrevesado… Bueno, lo que importa es que me ha dado la razón, eso me da la oportunidad de seguir ventilando mis quejas.

—Cada tarde, en cuanto me asomo por la puerta, la sirvienta me planta en la cara un enorme cuaderno de cuentas y no me queda más remedio que escuchar un informe extenuante de todas y cada una de las compras del día. Que si ha gastado tres yenes en miso, que el sen y los cinco rin han ido a la compra de alubias pintas y dos rábanos blancos… ¡No hay quien lo aguante!

—Pues dile que no hace falta que te informe de cada cosa que compra —propone con una alegría solo al alcance de despreocupados huéspedes como él.

—La vieja no da su brazo a torcer. Le dije que no necesita darme cuenta de todo, que me fío de ella. ¿Sabes qué me respondió? Que muchas gracias, pero que, mientras ella estuviera a cargo, y en ausencia de la señora, no se malgastaría ni un rin en la casa. Ya ves qué autoridad tengo.

—Pues limítate a fingir que la escuchas. Síguele la corriente. —Tsuda debe pensar que la mente funciona de manera autónoma y al margen de estímulos externos; extraño criterio viniendo de un psicólogo.

—Si solo fuera eso… Después de aguantar el recital, me pide instrucciones detalladas, minuciosas, para preparar la comida del día siguiente. ¡Una tortura!

—Pues que cocine lo que le plazca.

—Imposible, nunca tiene ni la más remota idea de qué guisar.

—Propónselo tú. Tampoco será tan complicado preparar un menú.

—Si no me resultara tan arduo… Mis conocimientos culinarios son más bien escasos. No soy un hombre capaz de responder ni a preguntas como «¿y con qué ponemos el *omiotsuke*?».

—¿*Omiotsuke*?

—La sopa de miso. Es de aquí y utiliza el término tokiota para referirse a la sopa. Que me pregunten algo así me plantea, al menos, dos problemas: primero, que se me ocurra una lista de ingredientes posibles, cosa nada obvia; segundo, ser capaz de elegir entre ellos.

—Ya es triste que sufras tales padecimientos para algo tan básico como la alimentación. Por cierto, está comprobado que no tener preferencia alguna, ni para bien ni para mal, tiende a entumecer la capacidad de decisión. —De nuevo, Tsuda haciendo pasar tópicos por hondas reflexiones sobre la condición humana.

—No es solo la sopa, también se entromete en las cosas más absurdas.

—¿Seguimos hablando de comida?

—Sí, todas las mañanas me obliga a comer ciruelas espolvoreadas de azúcar. Si no, se pone de un humor tremebundo.

—¿Y esa manía?

—Se supone que te protegen de cualquier infortunio. Sus argumentos son… digamos que curiosos. Alega que no hay en todo el Japón posada que no las sirva en el desayuno y que la costumbre no se habría extendido si no surtiera efecto. El caso es que me las hace tragar con un aire autoritario que… no me veo capaz de llevarle la contraria.

—Ya veo, en realidad tiene cierto sentido. Todas las costumbres se basan en algún elemento meritorio que les ha permitido autopreservarse a lo largo del tiempo. Vamos, que no puedes subestimar las ciruelas.

—¿Te pones de su parte? Está visto que no pinto nada en mi propia casa. —Tiro la colilla al brasero. Entre las cerillas calcinadas, algo blanquecino cede formando un trazo alargado que se extiende en diagonal.

—La señora es una reliquia, ¿no?

—Es tan agorera que podrían darle un diploma especial a la más arcaica del país. Va como dos o tres veces al mes a consultar a un monje de Dentsuin.

—¿No será un familiar?

—Es un tipo que adivina el futuro a cambio de limosnas. No para de inmiscuirse en mi vida.

De hecho, cuando me mudé empezó a atosigarme, a través de la vieja, con que la casa daba a la puerta del demonio[1] y todas las orientaciones eran funestas.

—Bueno, fuiste tú quien la contrató al mudarte, ¿no?

—Ya estaba apalabrado de antes. Fue la señora Uno, mi futura suegra, quien me dio buenas referencias. La contraté porque me aseguró que podía confiarle el cuidado de la casa «sin el menor temor».

—Si la madre de tu prometida te la ha recomendado, será de fiar.

—Es de fiar, y también es una vieja siniestra. Tres días antes de la mudanza fue a consultarle al monje, que la advirtió de que trasladarme a Koishikawa era extremadamente peligroso, que así atraería la calamidad sobre mi familia. ¿Cómo se atreve a decir algo semejante? ¡Que un bonzo se permita predicar semejantes memeces como si se creyera un oráculo infalible!

—Bueno, es que se dedica a adivinar el futuro.

[1] «Kimon» en japonés. Se refiere a la orientación noreste, considerada de mal agüero por creerse zona de tránsito de demonios. *(Todas las notas son del traductor).*

—Pues, si tiene que ganarse la vida, ¡que haga predicciones inofensivas sobre cualquier tontería y a mí que me deje en paz!

—No la pagues conmigo.

—Y para colmo, y por si no fuera suficiente ya con todo esto, ahora ha añadido la guinda de una joven en peligro a causa de una maldición. Por supuesto, a la vieja le ha faltado tiempo para decidir que se trata de mi prometida, de modo que está angustiadísima.

—Si ni siquiera ha puesto el pie en la casa, ¿no?

—Aún no, pero tanto da, la vieja ya está histérica.

—¿Lo dices en serio?

—Normal, a mí me lo cuentan y tampoco me lo creo. Por cierto, ¿te he dicho que a un perro callejero le ha dado por ponerse a aullar cerca de casa?

—Pero ¿qué tiene eso que ver con la sirvienta? —Tsuda frunce el ceño como si sus conocimientos psicológicos no le bastaran para seguir el hilo de mis pensamientos. Permanezco impasible, pretendo parecerlo, y le pido que me sirva más té. Los cuencos de Sôma son baratijas vulgares. Los fabricaban descendientes de samuráis caídos en desgracia necesitados de ingresos adicionales. Me sirve un generoso chorro, llenándolo hasta el borde de té comprado al peso, hervido por segunda vez, y siento una oleada de repugnancia que de golpe me arrebata las ganas de seguir bebiendo. Al fondo del tazón veo un caballo saltando con enorme brío, al estilo Kanô Motonobu. Me sorprende encontrar un trazo tan consumado en una cerámica de saldo, si bien no por ello me voy a beber el contenido, así que me abstengo.

—Ahí tienes. —Tsuda me conmina a ingerirlo.

—Este caballo transmite vigor por los cuatro costados, ¿eh? Esa cola al viento, esas crines alborotadas. Parece salvaje, ¿no? —Me dedico a ensalzar al caballo para evadirme del té.

—¿Me estás tomando el pelo? Pasas de la vieja al perro, y, en cuanto me descuido un segundo, el perro se ha convertido en caballo. ¡Pero qué carrusel es este! Vamos, explícate de una vez, que me tienes en ascuas. —Tsuda se muestra ansioso por oír mi relato; por suerte, ya no tengo que ingerir este té repulsivo.

—La anciana dice que no son aullidos ordinarios, que algo siniestro acecha el vecindario y que debemos andar con cuidado. ¿Que nos andemos con cuidado? ¡Como si pudiéramos hacer algo al respecto! Preferiría olvidarme del asunto, pero no deja de atormentarme.

—¿De verdad aúlla tan fuerte?

—El perro no es ninguna molestia, duermo tan profundo que ni lo oigo. El problema aquí es la vieja; en cuanto levanto un párpado, la tengo de nuevo a mi lado, lamentándose por todo.

—Claro, no puede advertirte del peligro que corres cuando duermes, así que debe aprovechar cuando te despiertas.

—Y, justo ahora, mi prometida tiene que enfriarse. Es como si los problemas se alinearan para darle satisfacción a la vieja.

—En todo caso, la señorita Uno sigue en Yotsuya, ¿verdad? Entonces no tienes de qué preocuparte.

—Aunque todavía no vivamos juntos, la vieja cree ciegamente en los vaticinios del monje y no deja de atosigarme con ellos. Dice que no se curará si no me traslado a otra casa con una mejor orientación en menos de un mes. ¡Qué habré hecho yo para merecer a esta pitonisa!...

—¿Y si te mudaras?

—¿Qué locura es esa? ¡¿Cómo voy a mudarme?! ¡Si acabo de hacerlo! ¿Quieres que me arruine?

—¿Y el resfriado de la señorita?

—¡¿Tú también vas a dar crédito a los despropósitos del monje?! No voy a dejarme amedrentar.

—No era mi intención, solo manifestaba mi sincera preocupación por su salud.

—Seguro que se encuentra bien. Tiene algo de tos, será alguna clase de gripe.

—¡¿Gripe?! —El grito de Tsuda me sobresalta. Ahora sí que me siento intimidado por tan súbita transformación. Me quedo escrutando su rostro mientras guarda silencio.

—Ten mucho cuidado —prosigue en voz inusualmente baja. Al contrario que la voz atronadora, esta inflexión cavernosa se cuela hasta el fondo de mis tímpanos, infiltrándose sigilosa en el cerebro. No sé cómo es posible; tal vez un tono quedo, aunque penetrante, pueda atravesarte hasta el tuétano al igual que una aguja fina atraviesa la piel más fácil que una gruesa. De pronto, siento como si un punto negro, no mayor que una pupila, amenazara un cielo que, hasta hace tan solo un instante, había lucido un azul inmaculado y cristalino. Y ahora, ¿qué pasará? ¿Se desvanecerá? ¿Se disolverá por sí solo?…, si es que no acaba convirtiéndose en uno de los vendavales que bajan del monte Muko. El destino de ese punto del tamaño de una pupila pende ahora de Tsuda. Inconscientemente, agarro la taza de Sôma y bebo el té frío de un solo trago.

—Será mejor que tengas cuidado —insiste empleando el mismo tono. El punto se vuelve de un negro más intenso, pero de momento no se decanta. Todavía confío en que desaparezca, al menos en que no se extienda.

—No hables así, que eso ha sonado a amenaza. No está bien ir por ahí asustando a la gente... —y remato en una carcajada que suena forzada, exánime y absurda. Me doy cuenta y paro en seco... Vaya, parar ha sido mala idea, ha quedado en evidencia que la risa era falsa. Habría sido preferible continuar fingiendo. No tengo claro si se ha dado cuenta, pero, cuando sigue, lo hace con la misma gravedad.

—Voy a contarte algo. Hace poco, una persona muy cercana a mí contrajo la gripe. Nadie pensó que fuera grave ni motivo de preocupación; en una semana había contraído neumonía. Murió antes de que hubiera pasado un mes. El doctor dijo que esta nueva variedad de gripe es especialmente virulenta, que enseguida ataca a los pulmones, así que toda precaución es poca... —Su rostro se torna amargo y frío—. Cuando lo recuerdo... parece una pesadilla. Qué lástima... —balbucea.

—Terrible... ¿Y por qué derivó en neumonía si puede saberse? —pregunto impelido por una sensación de creciente angustia.

—Por ninguna razón en especial... Por eso mismo, no deberías tomarte a la ligera ese resfriado.

—Sí, es verdad —pronuncio las tres palabras con extrema gravedad y compruebo desesperado la expresión de mi amigo: sigue igual de distante.

—En verdad, es terrible... Solo de pensarlo, me pongo enfermo. Morir con apenas veintidós años... Es espantoso. Y, para colmo de males, ocurrió mientras su marido se encontraba en el frente...

—¿Hablamos de una muchacha? Qué lamentable... Entonces, ¿su marido era soldado?

—Un teniente; no hacía ni un año que se habían casado. Estuve en el velatorio y en el funeral. Su madre lloraba inconsolablemente...

—Claro, ¿y quién no lo haría?

—Hacía frío y estaba nevando. Cuando el monje terminó de recitar los *sutras* y llegó la hora de bajar el ataúd, la señora seguía arrodillada al lado de la fosa y se negaba a moverse. La cabeza se le estaba moteando de copos, así que fui a cubrirla con mi paraguas.

—Me dejas pasmado; un gesto altruista impropio de ti.

—Es que dolía verlo.

Vuelvo a posar la vista en el caballo de estilo Motonobu. Pienso para mis adentros que la fría expresión de Tsuda se me debe de estar contagiando. De pronto, siento el impulso de preguntarle por el esposo de la difunta—: ¿Y cómo se encuentra el marido?

—Lo destinaron al contingente del general Kuroki.[2] Afortunadamente, parece que de momento ha salido ileso.

—Sufriría una enorme conmoción al recibir noticia de la muerte tan repentina de su esposa.

—Pues eso es bien misterioso. Resulta que la mujer acudió al frente antes de que al marido le llegara la notificación de su defunción.

—¿Cómo que acudió?

—Que fue a verlo.

—¿Por qué?

—Bueno, pues para reunirse con él.

—¿Cómo que para reunirse? ¿No has dicho que había muerto?

---

[2] Kuroki Tamemoto (1864-1923) fue un general a cargo del Ejército imperial japonés que participó en la guerra ruso-japonesa.

—Murió, y luego fue a su encuentro.

—Qué tonterías son esas. Por mucho que amara a su marido, los muertos no alternan con los vivos. ¿Esto se ha convertido en una historia de fantasmas de Hayashiya Shôzô?[3]

—¿Y qué quieres que le haga? Lo cuento tal como ocurrió —contesta Tsuda, y él es una persona cultivada a la que no le gusta hacer bromas.

—Claro, como si hubieras estado allí para verlo. No seas ridículo. ¿De verdad hablas en serio?

—Por supuesto.

—Esto es increíble. Tú y la vieja, sois tal para cual.

—Vieja o no vieja, da igual, pasó como te lo he contado. —Su irritación parece ir en aumento. Y, la verdad, no da la impresión de que me esté tomando el pelo. Si se ha obstinado así, supongo que tendrá sus razones. Elegimos carreras distintas, pero fuimos compañeros de instituto. Yo solía deshonrar el último asiento de los cuarenta que había, en cambio, él, siempre determinado, nunca se alejaba del segundo o tercero. Supongo que eso quiere decir que su cerebro

[3] Hayashiya Shôzô (1781-1842) fue un célebre contador de historias, con especial predilección por las de fantasmas.

será, por lo menos, treinta y seis veces más agudo que el mío. Si defiende con tanto ardor la veracidad de la historia, puede haber ciertas trazas de verdad en ella. Como licenciado en Derecho que soy, preferiría no tener que renunciar a la razón y al sentido común. No es que me niegue en banda a considerar otras perspectivas, simplemente me repele planteármelas y tener que pensar en los espíritus, en las maldiciones o en entelequias como la influencia del destino en nuestras vidas, no obstante, admiro a mi amigo, y, si un intelecto superior como el suyo está dispuesto a tomarse en serio el asunto de las apariciones, lo escucharé, aunque solo sea por el respeto que le tengo. Estaba convencido de que, tras la Restauración Meiji, los fantasmas habían pasado, de una vez por todas, a la historia, junto a la picaresca de los palanquines, sin embargo, escuchando a mi amigo hablar con el rostro mudado, cualquiera diría que han vuelto sin que yo lo sepa. Ahora que lo pienso, ¿no trata de fantasmas el libro que tiene sobre la mesa? En fin, por escuchar no se pierde nada. Ya veré después hasta qué punto puedo dar crédito al relato. Además, tengo muchísimo trabajo, y no podré volver a pasarme hasta dentro de unas semanas. Sí, será mejor que aproveche la ocasión. Decido oír el resto de la historia. Veo que Tsuda también está ansioso por continuar. Y bueno, si uno quiere hablar y otro atender, lo normal es proseguir. Esto siempre ha sido así, igual que el río Han fluye hacia el sureste.

—Preguntando logré averiguar que la esposa había hecho una promesa a su marido antes de partir a la guerra.

—¿Qué le prometió?

—Que, si por casualidad cayera enferma y muriera en su ausencia, su muerte no sería en vano.

—¿Ah, sí?…

—Juró que acudiría a su encuentro como espíritu y que se reunirían por última vez. El marido, un soldado de temperamento más bien despreocupado, soltó una risotada y se ofreció a llevarla a pasear por el frente; luego se fue a Manchuria y se olvidó de la conversación.

—Yo también la habría olvidado, y sin tener que preocuparme de partir a la guerra.

—Antes de marchar, la mujer ayudó al teniente a hacer el equipaje. Entre las cosas que le compró, había un espejito.

—Pues sí que has investigado la historia a fondo.

—Me enteré de todos estos detalles por una carta que él mismo envió desde la vanguardia... La cuestión es que el marido siempre lo llevaba consigo.

—Entendido.

—Una mañana, lo sacó, tal como acostumbraba, sin ninguna intención particular. Por supuesto, solo esperaba encontrar su propio rostro desaliñado y mal rasurado, mas, en su lugar, percibió algo extraño, algo verdaderamente perturbador.

—¿Qué era?

—Lo que apareció en el reflejo fue la lívida cara de su esposa, demacrada y consumida por la enfermedad. Ya lo sé, resulta difícil de creer, ¿verdad? Yo tampoco lo hice, hasta que me enseñaron la carta remitida por el teniente tres semanas antes de que recibiera la notificación del fallecimiento. Por otro lado, nadie cuya vida penda de un hilo, como sin duda es su caso, tendría disposición de ánimo ni razón alguna para enviar a casa una carta con tamaños embustes y fantasías.

—Supongo —respondo sin demasiado convencimiento. Y, a pesar de mi incredulidad, puedo sentir cómo se apodera de mí una sensación terrible, escalofriante, algo en todo caso impropio de un cabal licenciado en Derecho.

—No dijo nada. Al parecer, ni siquiera llegó a despegar los labios. Se limitó a mirarlo fijamente desde una esquina del espejo. Entonces, como levantadas por un remolino, se le hicieron patentes las palabras que la esposa le dedicó en el momento de la despedida. En su misiva, decía, y cito sus palabras literales: «Me sentí como si me marcaran los sesos con un hierro candente».

—En efecto, parece un fenómeno de difícil explicación. —Me veo tan abrumado por la minuciosidad del relato, con citas literales de la misiva del teniente incluidas, que no tengo más remedio que conceder que la historia parece veraz, lo cual me deja sumamente turbado. Si Tsuda volviera a elevar la voz, a buen seguro que daría un respingo.

—Más tarde se descubrió que la aparición se manifestó justo en la misma fecha y hora en que la muchacha espiraba el último aliento.

—Esto se pone cada vez más inquietante. —Me paro un momento a sopesar lo misterioso que resulta todo—. ¿En verdad crees que es posible un fenómeno semejante? —pregunto para tantear hasta qué punto está convencido.

—Aquí tengo un libro que habla de este tipo de manifestaciones. —Echa mano al volumen abierto sobre la mesa—. Las investigaciones más recientes han confirmado la existencia objetiva de esta clase de episodios —contesta como si nada.

Por lo visto, los psicólogos han resucitado a los fantasmas sin que los juristas nos hayamos enterado y, ahora, lejos de ser asunto de risa, dan para materia de sesudos estudios científicos. En fin, no voy a hablar de lo que ignoro, porque siendo lego en estos asuntos me siento incapaz de valorarlos en su justa medida. En lo que toca a materia fantasmal, tendré que dejarme aconsejar por un licenciado en Ciencias Humanas.

—Verás, incluso si media una gran distancia entre dos personas, sus neuronas siguen compartiendo una conexión gracias a una alteración química que obra…

—Estudié Derecho, ¿no pretenderás que descifre ese galimatías? Abreviando, ¿quieres decir que, teóricamente, es posible? —Para una inteligencia más bien opaca como la mía es mejor saltar a la conclusión.

—En efecto, es posible, y en este libro se recogen abundantes casos, por ejemplo, la visión de la que fue testigo lord Brougham, un suceso que pertenecería a la misma tipología que el que nos ocupa. Es un informe fascinante… Conoces a Brougham, ¿no?

—¿Brougham? ¿Qué es eso?

—Un hombre de letras inglés.

—Ah, con razón no me sonaba. No es que me enorgullezca de ello. Solo conozco a Shakespeare, Milton y algún otro.

—En fin, extrema las precauciones en lo que concierne a la gripe de la señorita Uno —concluye retomando sus admoniciones. Pensará que es inútil entablar una discusión académica conmigo.

—Claro, iré a verla y me aseguraré de que no se toma a la ligera el resfriado, aunque ella nunca haya mostrado la menor intención de venir a visitarme cuando el enfermo he sido yo. —Procuro bromear, pero en el fondo me siento angustiado. Cuando miro el reloj, veo que son cerca de las once. Uff… La vieja ya estará alborotada por los aullidos. Más vale que vuelva cuanto antes.

—Algún día me acercaré a conocer a esa criada tan especial —dice Tsuda.

—Claro, vente y te invitaré a cenar —digo antes de salir de la pensión de Hakusan, en Goten.

La alegría por la vuelta de la primavera, con su espléndida floración de cerezos, ha durado dos, tres días a lo sumo. Ahora incluso los cerezos se empiezan a arrepentir de haber sido tan optimistas. Cuando pienso en el viento húmedo y cálido de anteayer, que se colaba a través del sombrero, y en cómo me paré a limpiarme el sudor y el polvo que se me habían pegado a la frente, me parece estar rememorando el año pasado; así de súbito ha sido el desplome de las temperaturas. Y esta noche promete ser aún peor. ¡¿Por qué hace tanto frío…?! ¡¿No tendría que haberse acabado ya el invierno?! Me levanto el cuello del abrigo, y empiezo a bajar la calle desde el instituto para ciegos y sordos, pasando al lado del Jardín Botánico, cuando oigo lo que me parece el tañido de una campana que llega hasta mí trazando ondas en el sereno cielo nocturno. Así que son las once en punto. A quién se le ocurriría utilizar campanas para indicar las horas… Por cierto, ahora que me fijo…, ¡qué eco tan extraño! Es un sonido único y continuo, compuesto de múltiples resonancias, como un pastel de arroz especialmente viscoso que se te pegara al cuchillo. El eco se está apagando, y, cuando crees que se ha extinguido por completo, llega la siguiente reverberación. Ahora parece amplificarse, ahora parece disminuir como la fina punta de un pincel. A medida que avanzo acompañado de las inusuales fluctuaciones sonoras, tengo la impresión de que los latidos de mi corazón se intensifican y se atenúan acompañando la marea acústica. Al final, me descubro intentando acompasar la respiración con el toque de campanas. «Hoy parezco cualquier cosa menos un licenciado en Derecho», me digo, y, al girar en un puesto de policía, un viento frío envía una ráfaga de gruesas gotas de lluvia a estrellarse contra mi cara.

Gokurakusui[4] es un lugar melancólico en sumo grado. Ahora que a ambos lados de la calle hay hileras de casas alargadas ya no siente uno el desamparo de antaño, pero está tan muerto que cualquiera diría que se encuentran abandonadas. Andar por la zona dista de ser una experiencia agradable. La actividad es tan consustancial a los pobres que aquellos que caen en la ociosidad no pueden evitar perder un rasgo inherente a ellos y entonces ya apenas puede reconocérselos como seres vivos. Atravieso el páramo pensando que este lugar no resucitaría ni a tiros... Podría decirse que sus habitantes ya están muertos. Tras la embestida de ráfagas intermitentes, a la lluvia le da por arreciar, y no he traído paraguas. Miro al cielo, chasqueo la lengua, y me digo que, cuando llegue a

[4] «Aguas del Paraíso» en japonés.

casa, estaré calado de pies a cabeza. El agua cae lóbregamente desde las profundidades de la tiniebla imperante ahí arriba; no tiene pinta de escampar.

De pronto, a unos cinco o seis metros, diviso una mancha blanca. Me quedo parado en mitad del camino, estirando el cuello para ver de qué se trata; la figura continúa avanzando implacable hacia mí. Se cruza conmigo en poco menos de un minuto y pasa a mi derecha, casi rozándome. Dos hombres en kimonos negros acarrean sobre los hombros lo que da la impresión de ser una caja de mandarinas cubierta con una tela blanca y atravesada por una pértiga. Me imagino que irán camino de algún cementerio o crematorio. Seguro que dentro hay un recién nacido. Cargan con el improvisado ataúd sin mediar palabra, con paso firme y decidido, como si fuera lo más natural del mundo andar con un cadáver en mitad de la noche. Doy media vuelta y me quedo mirando con curiosidad cómo la caja va sumiéndose en la oscuridad y, de repente, oigo dos voces que, si bien no parecen hablar alto, suenan sobrenaturales a estas horas intempestivas. La primera sentencia: «Nacido ayer, muerto hoy»; la segunda: «Nada se puede contra el destino». Dos nuevas siluetas se cruzan conmigo, también rozándome;

a continuación, se las traga la noche. Sigo de pie, escrutando la oscuridad. El único rastro que queda del cortejo es el enérgico sonido de los zuecos tras el ataúd que llega hasta mí a través de la cortina de lluvia.

«Nacido ayer, muerto hoy»… Morir habiendo vivido un solo día… Y luego están quienes contraen una enfermedad y caen fulminados de pronto. Lo que está claro es que, si uno lleva habitando este plano mortal veintiséis años, está más que cualificado para postularse a candidato a una muerte súbita, y eso aunque creas estar sano. Un momento, estoy subiendo Gokurakusui a las once de la noche de un tres de abril, ¿no será un presagio de que marcho al encuentro de mi muerte? Preferiría no subir la pendiente. Me detengo y me quedo mirando el camino. Tengo la impresión de estar pisando mi tumba. Reanudo la marcha. Nunca habría imaginado que pensar en el *momento final* podría llegar a angustiarme así. Me inspira temor seguir avanzando…, también quedarme quieto, y ya me estoy temiendo que, cuando llegue a casa y me deslice dentro del futón, no voy a librarme de esta ansiedad que se ha apoderado de mí. ¿Cómo he podido vivir tan tranquilo? Cuando era estudiante, todas mis preocupaciones se limitaban a los exámenes y al béisbol, y, desde que entré en la oficina, ya tengo bastante con el trabajo de chupatintas y su famélico salario, por no hablar de las quejas incesantes de la vieja...; estoy como para ponerme a pensar en la muerte. Reconozco que soy más bien prosaico. Por supuesto, ya era consciente de que todos somos mortales, sin embargo, una cosa es entenderlo con el intelecto y otra *sentirse mortal*, esto no lo había experimentado nunca. La noche, esta inmensa oscuridad que me rodea en todas direcciones, camine o me detenga, me asedia advirtiéndome que no cejará en su empeño hasta conseguir fundirme en su seno. Soy más bien apático y carezco de verdadera ambición, así que tampoco me causaría demasiada pesadumbre morir..., pero, la verdad, detestaría tener que hacerlo ahora mismo. Pensándolo bien, sería lo último que querría hacer. Es la primera vez que tengo una vaga conciencia de lo verdaderamente cruel que es la muerte. La lluvia arrecia más y más, cuando me toco el abrigo parece una esponja empapada.

Atravieso Takehayachô y subo Kirishitanzaka.[5] No sé a cuenta de qué la llamaron así, si bien la

[5] «Cuesta Cristiana» en japonés.

pendiente no es menos extraña que su nombre. Al llegar a la cima, recuerdo que hace no mucho pasé por aquí y vi el cartel que apunta a la pendiente desde una ladera del talud: «La cuesta más empinada de Japón. Vuelva sobre sus pasos si aprecia su vida». Si entonces me hizo reír, a estas horas de la noche no le veo la gracia; me parece que estoy ante una imprecación bíblica. La pendiente está oscurísima. Si uno no va con cuidado, puede acabar cayéndose de culo. Trato de discernir los peligros que me acechan desde el comienzo del declive, pero, en medio de esta tiniebla, no logro distinguir nada. Desde la vertiente izquierda, un viejo almez extiende generoso sus ramas, cubriendo la colina que, de día, es impenetrable al sol. Ni cuando aún hay luz es fácil bajar por aquí: de hecho, uno tiene la sensación de que va a precipitarse hasta dar con los huesos en el fondo del valle. Oteo la negrura en busca del árbol. La lluvia cae torrencialmente sobre la oscuridad que se abre ante mí. Si me convenzo de que el almez está ahí, me parece que alcanzo a distinguir el perfil; eso sí, tengo que hacer un auténtico acto de fe. Aún tengo que bajar la cuesta sumido en penumbra, luego continuar por un angosto sendero del valle y volver a ascender hacia el valle de Myôga.

Desde allí, a unos ochocientos o novecientos metros, está Kobinatadaimachimi y mi casa, aunque el camino que me queda es bastante intimidante.

Voy por la mitad de la subida, cuando me fijo en un brillante fuego rojo. No tengo claro si ya estaba ahí o si ha aparecido justo cuando he levantado la vista; en cualquier caso, lo percibo con nitidez a través de la lluvia. Por un momento, me pregunto si no será una lámpara iluminando la entrada de alguna mansión, salvo que, ahora que reparo en ello, la luz vacila cual farolillo del festival de Obon[6] mecido por el viento otoñal. Está claro que no es una lámpara de gas. Mientras me pregunto qué puede ser, avanza hacia mí subiendo y bajando, aupada en una ola que atraviesa la lluvia y la tiniebla. Justo cuando llego a la conclusión de que, en efecto, se trata de un farol, desaparece de golpe.

En cuanto he visto el fuego, he pensado en Tsuyuko. Creo que ni un psicólogo tan perspicaz como Tsuda podría explicar esta asociación mental mía... Por otro lado, supongo que aún se nos permite tener pensamientos a los que la ciencia no puede aplicar la reducción analítica. Al ver la viva

[6] Festival budista que se celebra en honor a los muertos.

llama roja, un hilo de luz con su punta vacilante, me ha asaltado la imagen de mi prometida… y, al esfumarse, me ha forzado a imaginar su muerte de modo despiadado. Me paso la mano por la frente. Está empapada de sudor y lluvia. Sigo caminando como en trance.

Al bajar la ladera por un estrecho sendero, hacia el oeste, comienza una nueva pendiente y una nueva hondonada. En esta zona montañosa de Yamanote el suelo es rojizo y arcilloso, y basta que llueva un poco para que el barro se te pegue a las suelas, incluso llevando zuecos altos. La oscuridad es total, los zapatos se me hunden y cada vez avanzo con más dificultad. Me abro paso de mala manera, atento a los múltiples giros del camino, cuando, de pronto, en un ángulo cerrado formado por lo que parece un seto de *lycium*, me topo de frente con el fuego rojo. Es un policía. El agente acerca tanto su farol que casi me quema la mejilla, pronuncia un lacónico «Tenga cuidado» y desaparece a mi espalda. Recuerdo la advertencia de Tsuda y siento como si una plancha de plomo me oprimiera el pecho. «Ese fuego, ese fuego…», voy repitiendo sin apenas resuello mientras subo la pendiente.

No sé cómo me las he arreglado para llegar, pero son las doce cuando entro por la puerta cual meteoro. Al momento, aparece la vieja portando una lámpara de mecha corta que proyecta una luz mortecina. En cuanto me ve, se abalanza sobre mí gritando histérica: «¡Señor, ¿qué ha pasado?!». Tiene el rostro lívido.

—¡¿Por qué?! ¡¿Ha ocurrido algo?! —la correspondo con otro grito. La anciana tiene miedo de las noticias que pueda traer, yo de las que pueda contarme ella, así que, después de interrogarnos mutuamente, nos quedamos mirándonos con aprensión sin atrevernos a pronunciar palabra.

—Cuidado…, está goteando… —me advierte. En efecto, del dobladillo de mi abrigo, empapado por completo, y del ala del sombrero caen multitud de gotas frías que riegan el tatami. Lo cojo por el pliegue, lo arrojo al suelo y rueda hasta detenerse al lado de la vieja apuntando al techo y mostrando su reverso de satín blanco. Me quito mi Chesterfield gris, lo sacudo y, al lanzarlo, lo siento mucho más pesado de lo habitual. Me pongo un kimono tiritando de frío y la criada espera a que vuelva en mí mismo para volver a preguntarme qué ha pasado. También a ella se la ve algo más serena.

—Nada del otro mundo. Simplemente que me he calado —digo tratando de hacerme el duro.

—No, no tiene buena cara. —A la fiel seguidora del monje de Dentsuin no hay expresión que se le escape.

—Yo he preguntado antes. Hace un momento te estaban castañeteando los dientes, ¿no?

—Búrlese de mí si quiere, pero este no es un asunto para tomárselo a risa.

El corazón se me encoge de pronto.

—¿Por qué? ¿Ha ocurrido algo en mi ausencia? ¿Hay noticias de Yotsuya?

—Ya sabía yo que algo le pasaba. Está preocupado por la señorita.

—¿Ha llegado una carta? ¿Un mensajero?

—No ha llegado carta ni mensajero.

—¿Un telegrama entonces?

—Tampoco hemos recibido telegramas.

—¡¿Pues entonces qué?! ¡¿Quieres dejarte de rodeos?!

—Hoy los aullidos son distintos.

—¿Los aullidos?

—¡Como si no supiera de qué le hablo! En cuanto llega la noche, me ponen de los nervios. Le digo yo que estos ladridos no son normales.

—¿Cómo que no son normales? ¿Vas a explicarte de una vez?

—Es ese perro…, el que no deja de ladrar desde hace días.

—¿El perro?

—Sí, el perro, señor, el perro. Si hubiera seguido mis consejos, no habría ocurrido nada, pero usted prefiere tomarse a broma mis advertencias… No son más que supersticiones de una vieja, ¿no es así?…

—Pero ¿qué estás diciendo? ¡Si no ha pasado nada!

—Si usted lo dice… El señor estaba pensando en la enfermedad de la señorita cuando volvía a casa, ¿verdad? —dice dando en el clavo. Un filo helado emite un destello en la oscuridad, siento que me atraviesa el pecho.

—Lo admito, sí. Pensaba en ella.

—Pues ya lo ve, señor, eso ha tenido que ser el presentimiento de una desgracia.

—¿De verdad crees en presentimientos? ¿Has tenido alguno?

—¿Y quién no? Los antiguos ya sabían que el graznido del cuervo es signo de mal augurio.

—Lo de los graznidos lo había oído, lo de los aullidos solo a ti.

—Se equivoca, señor —me responde en un tono que lleva a gala un enorme desprecio hacia mi escepticismo—. No hay la menor diferencia. Las ancianas entendemos de aullidos, y más hablan hechos que palabras: sepa que mi intuición nunca falla.

—No me digas.

—No debería faltarles al respeto a los mayores.

—Ya lo sé, no era mi intención, pero es que sigo sin entender qué tienen de insólito los ladridos de un perro.

—Sigue dudando de mí, ¿eh? Muy bien, piense lo que le venga en gana, pero, por lo que más quiera, en cuanto amanezca, vaya sin falta a Yotsuya. Así verá con sus propios ojos que había motivo para preocuparse.

—¿Que había motivo para preocuparse? No me gusta nada eso que insinúas. Además, ¿qué quieres que haga?

—¿Y aún me lo pregunta? ¡¿Pues no le habré dicho cien veces que se mude a otra casa?! Pero usted ni caso… ¡No hay nadie más terco que el señor!

—De acuerdo, me has convencido. Mañana a primera hora iré a Yotsuya, aunque tal vez fuera mejor ir ahora…

—¡Ah, no! ¡Si usted se va, yo no me quedo aquí sola!

—¿Por qué?

—¡¿A usted qué le parece?! ¡Si es que esta casa es espeluznante!

—¿No estabas preocupada por la señorita?

—Sí, claro, pero también temo por mí misma.

Por un momento, la tromba de agua que desborda los aleros se confunde con otro estrépito; el sonido de algo arrastrándose y una especie de gemido que parece surgir de la nada.

—¡Ahí está! ¡¿Lo oye?! —murmura la vieja con la mirada perdida. En efecto, percibo una especie de lúgubre gimoteo. Decido que será mejor pasar la noche aquí.

Me deslizo dentro del futón, pero con este estruendo no hay quien cierre los ojos.

El ladrido de un perro suele ser más bien lineal, digamos que su patrón sonoro es intermitente y reiterativo, como los hachazos de un leñador. Estos, en cambio, no responden a una estructura tan simple. Su rango muta incesantemente, con sus picos, simas y profundas oscilaciones. Comienza débil, cual si fuera la fina llama de una vela que crece por momentos, y luego va apagándose poco a poco, como la trémula flor de una lámpara de aceite. Imposible identificar de dónde provienen. A veces suenan como el lejano ulular de un animal traído por los vientos desde cien ri,[7] otras parecen venir de aquí al lado, colándose por el alero del tejado y tratando de abrirse paso hacia el interior de mis oídos a través de la almohada que me he enrollado en la cabeza para amortiguar el ruido. Primero se suceden dos, tres series de un rítmico «uuuh, uuuh» que rodea la casa; de pronto, la cadencia se metamorfosea, pasa a convertirse en un «aaah, aaah» antes de ser barrido por una ráfaga violenta; por último, se alcanza a oír la cola, muy distante, ya convertida en un «nnn, nnn», antes de desaparecer en alguna dimensión tenebrosa. Si forzaras un grito de alegría a convertirse en un tétrico lamento obtendrías algo similar a este aullido. Si una fuerza tiránica estrangulara un ladrido enloquecido hasta reducirlo a un gimoteo luctuoso también lograrías replicar este aullido. Al carecer de la más mínima libertad, resulta más angustioso de soportar que si fuera un lamento de pena o un alarido de dolor. Me hundo en el futón hasta las orejas… Lo sigo oyendo. De hecho, más que antes. Vuelvo a sacar la cabeza.

Instantes después, los ladridos se interrumpen por completo. Ahora que han cesado, no

[7] Unos cuatrocientos kilómetros.

percibo, en este reino de medianoche en el que parece que me he adentrado, la más mínima agitación. La serenidad es tal que cualquiera diría que la casa se ha hundido hasta las profundidades abisales del océano. La única turbación proviene de mi propio corazón desbocado. Solo yo permanezco alerta, esperando que *algo* irrumpa en este silencio. Aunque, a decir verdad, no tengo ni idea de qué es lo que aguardo. Mas la perspectiva de que algo desconocido pueda emerger de entre las sombras me tensa los nervios cual cuerdas de violín. No dejo de pensar «¡Ahora! ¡Ya está aquí! ¡Ya llega!». Me rasco la cabeza con furia. Hará una semana que no me lavo el pelo con agua caliente, y los dedos se me impregnan de grasa. Si finalmente algo llega a interrumpir esta tensa paz que ha tomado el relevo… Algo me dice que solo es cuestión de tiempo. Estoy convencido, algo va a ocurrir esta noche antes de que amanezca. Comienza a pasar un segundo; habito en este segundo, sigo esperando a que este segundo pase. Si alguien me preguntara qué espero, no sabría qué responder. Ignorarlo hace que todo sea aún más penoso. Retiro la mano de mi testa y la dejo suspendida ante mi cara. Me quedo observándola con mirada bovina. Dentro de las uñas se han formado estratos de mugre negra en medialuna. En mitad de esta acción contemplativa, mi estómago cesa toda actividad gástrica. De pronto, el vientre me da una punzada y se me tensa como una piel de ciervo acartonada, primero empapada por la lluvia, luego puesta a secar al sol. Ojalá el perro siguiera aullando. Cuando ladra, al menos puedo hacerme una cierta idea del tormento al que me enfrento, en cambio, ahora que todo permanece en silencio, no sé qué clase de nuevo disgusto se está gestando ahí fuera, o si ya se está incubando a mis espaldas. Prefiero, con mucho, unos simples aullidos. Doy vueltas y más vueltas en la cama, me tumbo boca arriba anhelando los aullidos.

La vaga sombra circular de la lámpara se proyecta en el techo. Me da la impresión de que se está moviendo. Me encuentro pensando en lo extraño que se está volviendo todo cuando, de repente, siento que se me ablanda la médula espinal cual si fuera una esponja. Abro bien los ojos para comprobar si la sombra se mueve de verdad o si solo es una impresión… Sí, efectivamente, se está moviendo. Pero ¿siempre lo ha hecho o solo esta noche? Si es la primera vez, sería algo extraordinario… También puede que haya contraído alguna suerte de afección estomacal. Hoy, al salir de la oficina, se me han antojado unas gambas fritas en un restaurante occidental de Ikenohara; ese podría ser el origen de todos los males. ¡¿Seré imbécil?! ¡Vaya forma de tirar el dinero! En fin…, en estos casos, lo crucial es mantener la calma y descansar, así que, diciéndome esto mismo, cierro los ojos. En cuanto lo hago, aparecen ante mí destellos de cinco colores, como si alguien me arrojara a la cara polvo de arcoíris. Me doy por vencido, abro los ojos; la sombra de la lámpara vuelve al centro de mis preocupaciones. No me queda más remedio que tumbarme de medio lado y quedarme esperando el amanecer cual enfermo grave postrado en la cama.

En cuanto me giro a un lado, mi mirada se topa con el kimono chichibu.[8] La vieja lo ha doblado cuidadosamente, colocándolo al lado de la puerta corredera. Al momento, se me viene a la cabeza que la última vez que estuve en Yotsuya, sentado junto al lecho de Tsuyuko, charlando sobre banalidades, se fijó en el algodón que se escapaba por un desgarro en la manga, y se incorporó para cosérmelo, a pesar de mis protestas. Entonces

[8] Tipo de tela de kimono compuesta de seda corriente.

solo estaba un poco pálida y hasta tenía ánimo para reír... Dijo que ya se encontraba mucho mejor, que se levantaría al día siguiente... Y, sin embargo, ahora que intento evocar su figura...; no, no es eso..., porque no lo he hecho, su imagen se me ha aparecido sin necesidad de convocarla..., gimiendo, con una bolsa de hielo sobre la frente y la mitad de su larga cabellera empapada suspendida sobre mi almohada. ¿Habrá contraído una neumonía? Si fuera el caso, supongo que ya me lo habrían comunicado. Al no haber llegado carta o mensajero, me digo que debe de haberse recuperado, que no he de preocuparme, que puedo volver a dormir tranquilo... Sin embargo, tras mis párpados cerrados, se me aparece, nítida, la pálida y demacrada tez de Tsuyuko, sus ojos hundidos, vidriosos. No, no se ha recuperado, y que no haya recibido noticia alguna no me tranquiliza en lo más mínimo. Podría estar al caer... Si han enviado un mensajero, sería preferible que viniera cuanto antes; por otra parte, no estoy seguro de que vaya a hacerlo y sigo dando vueltas sin poder conciliar el sueño. Estamos en abril, y, sin embargo, hace frío. Las dos mantas deberían ser demasiado y no lo son: tengo manos y pecho helados, como si no me corriera la sangre. Me paso la mano por el cuerpo, lo noto pegajoso de sudor. Estos dedos glaciales parecen una serpiente reptando sobre mí. Tal vez el mensajero llegue antes de que amanezca.

Alguien golpea la puerta de la calle con tal vigor que parece que vayan a tirarla abajo. El corazón me da un vuelco y se estampa contra la cuarta costilla. Me parece oír una voz, pero los golpes son tan ensordecedores que no entiendo nada. Justo cuando grito: «¡Hay alguien ahí fuera!», oigo a la vieja escaleras abajo: «¡Tenemos visita, señor!». Ambos salimos a abrir al mismo tiempo. Es un policía con un farol rojo.

—¿Todo en orden? ¿Nada fuera de lo normal? —interroga con expresión suspicaz y sin mediar saludo. La anciana y yo nos miramos como si pensáramos lo mismo. No respondemos nada.

—Estaba patrullando y he percibido que una silueta oscura se escurría por la puerta de su vivienda, hacia la calle…

El semblante de la vieja se vuelve de una tonalidad terrosa. La veo haciendo esfuerzos por hablar, pero el aire no le alcanza. El agente se gira hacia mí, instándome a responder. Tampoco soy capaz de articular palabra. Me quedo petrificado cual fósil plantado en el umbral.

—Siento importunar a estas horas, pero, de un tiempo a esta parte, el vecindario se ha vuelto bastante inseguro y tenemos órdenes de permanecer alerta. Me ha parecido raro que su puerta estuviera entornada, y, al acercarme, he creído ver a alguien salir corriendo, así que he venido a ponerlos sobre aviso.

Al fin logro respirar… Me siento tremendamente aliviado, como si me hubieran extirpado una bola de plomo de la tráquea.

—Le agradecemos su gentileza, agente, pero no, creo que no hemos sido víctimas de ningún robo.

—Me alegra oírlo, señor. Merodea por la zona un perro que todas las noches arma un escándalo del demonio. No sé qué tiene este lugar que todos los delincuentes vienen a parar aquí.

—Muchas gracias por su diligencia —respondo entusiasmado al descubrir que los alaridos nocturnos se explican por los ladrones que acechan nuestro barrio. El agente vuelve por donde ha venido. Iré a Yotsuya en cuanto amanezca, así que me quedo despierto esperando a que el reloj dé las seis.

Aunque ha amainado, los caminos están embarrados. Mis zuecos para la lluvia siguen en el zapatero porque la vieja olvidó recogerlos. Los zapatos de anoche están empapados y sería una locura ponérselos. «Es igual», me digo calzándome unos zuecos de suela baja, y salgo raudo hacia Yotsuya-Sakamachi.

Encuentro la verja abierta, si bien la puerta del vestíbulo sigue cerrada. El estudiante que está de huésped aún seguirá en la cama, así que entro por la cocina. Kiyo, la sirvienta de mejillas sonrosadas, originaria de Shimôsa, corta sobre una tabla un rábano blanco que acaba de sacar de la despensa.

—Buenos días, ¿cómo va todo? —Pone cara de sorpresa, y después responde con un vago «bueno» mientras se desata las mangas del kimono. Como no me aclara nada, decido ignorarla y salgo en tromba hacia el salón. Aquí está mi futura suegra, con cara de recién levantada, limpiando a fondo un brasero de madera.

—¡Oh! ¡Yasuo! —dice deteniéndose, con el trapo en ristre y aire de asombro, una reacción que tampoco despeja mis dudas.

—¿Cómo va todo? —repito atropellado. Si los aullidos se deben a los ladrones del vecindario, quién sabe, ¿tal vez se encuentre mejor? Estudio su expresión y contengo la respiración ansiando oír la buena nueva.

—Ayer llovió a mares, no sé cómo has conseguido llegar hasta aquí. —Pues la verdad, tampoco es la respuesta que esperaba. Por otro lado, parece más desconcertada que preocupada, y eso me tranquiliza.

—Sí, el camino estaba horrible —digo sacando el pañuelo. Me seco el sudor, aunque sigo hecho un manojo de nervios, y al fin me decido a preguntar—: ¿Y Tsuyuko…?

—Ahora mismo lavándose la cara. Anoche acudió a un recital benéfico en el salón de actos de Chûôkaidô, llegó tarde y se ha quedado durmiendo más de la cuenta.

—¿Y la gripe?

—Gracias por preocuparte, ya se le ha pasado.

—¿Que se le ha pasado?

—Claro, ya no está resfriada.

Una brisa primaveral despeja la espesa neblina para desvelar la inmensidad de un cielo azul. En alguna colección de relatos de la Antigüedad mencionaban al individuo más feliz de Japón… ¿Acaso no soy yo el agraciado? Sobre todo, con lo aliviado que me encuentro tras una noche tan horripilante… Empiezo a sentirme ridículo por haberme preocupado tanto por una nadería. Si bien tengo confianza con los padres de Tsuyuko, voy a parecer un idiota al haber aparecido de madrugada sin ninguna excusa verosímil.

—¿Y qué haces por aquí a estas horas?... ¿Tenías algo que hacer en el barrio? —pregunta la señora Uno con cara de preocupación. No sé qué responder, y, aunque quisiera mentir, ahora mismo no se me ocurre nada. No me queda más remedio que asentir.

En cuanto el «sí» escapa de mis labios, me doy cuenta de que tendría que haber confesado la verdad, pero ya es demasiado tarde. Ya que no puedo retractarme, debo concentrarme en buscar una explicación creíble. «Sí» es una palabra sencilla que solo consta de dos letras, si bien no hay que tomársela a la ligera; insuflarle vida me va a costar un esfuerzo colosal.

—¿Algo urgente? —continúa presionando mi futura suegra. Sigue sin ocurrírseme nada y vuelvo a decir que «sí», luego me giro en dirección al baño y llamo a voces a Tsuyuko.

—Me preguntaba quién sería a estas horas. ¿Qué haces aquí? ¿Ha ocurrido algo?... —Tsuyuko echa más leña al fuego sin tener la menor idea del dolor que me inflige al ponerme así contra las cuerdas.

—Tiene un asunto urgente que atender —responde su madre erigiéndose mi portavoz.

—¿Y de qué se trata si puede saberse? —inquiere Tsuyuko con la mayor inocencia.

—Nada importante, pero quería saludar… aprovechando que pasaba por aquí —digo intentando salir del paso. Sé que la evasiva suena de lo más patética.

—¿Entonces no venías a vernos? —La señora parece desconcertada.

—No.

—¿Y ya has acabado ese recado? ¡Qué madrugador! —exclama Tsuyuko admirada.

—No, no…, si pensaba ir ahora… —Me avergüenza que me alaben por mi embuste e intento ser humilde. Diga lo que diga, está visto que voy a hacer el mayor de los ridículos. Lo que tengo que hacer es marcharme ya mismo porque, cuanto más me quede, más me hundiré en este fango. Ya me empiezo a levantar cuando la madre de Tsuyuko contraataca:

—Qué paliducho. ¿No estarás malo? Deberías ir al barbero. Con esa barba tan crecida y desaliñada pareces enfermo. ¡Pero si tienes barro en la cara! ¿Has venido metiendo el pie en todos los charcos?

—Me he puesto perdido por culpa de estos zuecos —digo dándome la vuelta para enseñarles la espalda. «¡Qué horror!», exclaman al unísono.

Después de secarme el abrigo me prestan unos de suelas elevadas y me marcho sin saludar al padre de Tsuyuko, que aún duerme. Hace un tiempo espléndido y encima es domingo. Aunque aún me siento algo avergonzado por cómo me tomé las cosas anoche, ahora que los temores nocturnos se han derretido cual nieve que cae sobre brasas, me siento exultante y veo el futuro extenderse ante mí como un paseo entre sauces y cerezos en flor. Una vez en Kagurazaka, entro en una barbería. Me da igual que piensen que lo hago para complacer a Tsuyuko, porque es verdad, haría lo que fuera para contentarla.

—¿Le dejamos el bigote al señor? —pregunta un peluquero vestido de blanco. Ahora que lo pienso, no sé si Tsuyuko querrá que me deshaga de toda la barba o si bastaría con afeitarme el mentón. Decido conservar el bigote; si el barbero me lo ha propuesto, será que es lo acostumbrado.

El hombre me agarra la barbilla y, apuntando con la navaja en dirección al brasero, grita:

—¡Si algo no falta en el mundo son idiotas!, ¿no, Gen?

El tal Gen, que se encuentra instalado al lado del brasero, golpea las piezas del general de oro y de plata contra el tablero de *shôgi*.

—Pues sí. Vamos a ver, que los fantasmas son historia antigua. Ahora que tenemos electricidad, ¿quién quiere perder el tiempo con tales zarandajas? —dice intentando poner una pieza sobre el rey—. ¡Eh, Yoshi! Si haces una torre con diez caballos, te invito a diez sen de *sushi* en el Ataka.

Un joven aprendiz calzado con zuecos de suela alta contesta riendo mientras dobla toallas lavadas:

—Ahórrate el *sushi*. Enséñame un fantasma y te hago las que quieras.

—Si hasta nuestro Yoshi se burla de los espíritus. No me extraña que estén en horas bajas.

El barbero me afeita las patillas y los mechones caen al suelo.

—¿No están quedando muy cortas?

—Ahora todo el mundo las lleva así. Las patillas largas le dan un aspecto de dandi ridículo... —El barbero desliza la navaja entre el índice y el pulgar para limpiar los pelos y vuelve a dirigirse a Gen—. Ahí la cuestión son los nervios. Saben que en nuestro corazón anida el miedo, medran en él, y, cuando lo detectan, van derechos a él.

—Ahí le has dado, es cuestión de nervios —asiente Gen espirando una bocanada de Yamazakura.

—¿Y dónde están esos nervios, Gen? —pregunta Yoshi poniéndose serio mientras frota el cristal de una lámpara.

—¿Que dónde? Pues en todos vosotros. —Vaya una respuesta vaga.

Matsu, que lleva un rato en el cuarto privado junto a la entrada y bajo la cortina blanca, enfrascado en un manoseado volumen, exclama de pronto: «¡Esta sí que es buena!» y estalla en una sonora carcajada.

—¿Qué lees? ¿Una novela? ¿No nos digas que es *Los placeres de un* gourmet?[9]

—Pues no estoy seguro. —A la pregunta de Gen, Matsu vuelve el libro para comprobar la cubierta—. *Actas de conferencias sobre psicología efímera*, del sabio Uyamuya.[10]

—O sea, que no es *Los placeres de un* gourmet. Menudo título estomagante. ¿De qué trata, Kama? —le preguntan al barbero, que ahora se concentra en recortarme los pelos que asoman de las orejas.

—No es más que una sarta de disparates y sandeces.

---

[9] Novela de Murai Gensai, muy popular en la época.

[10] En japonés, ambigüedad o estado de confusión mental.

—Pues no te rías solo. Léenos algo, anda —ruega Gen. Matsu lee un pasaje: «Todo el mundo cree que los mapaches se divierten tomando el pelo a los humanos, que los embrujan con eso que el pueblo llano ha dado en llamar "hechizos", pero en lo que nadie ha reparado es en que los supuestos hechizos no son otra cosa que técnicas de hipnosis…».

—Pues sí que es un libro raro, ¿eh? —comenta Gen perplejo.

—«Una vez me metamorfoseé en el viejo almez que un joven de la aldea de Genbê, un tal Sakuzô, tuvo a bien elegir para ahorcarse…».

—¿Cómo? ¿La historia la cuenta el mapache?

—Eso parece.

—¡¿Un libro escrito por un mapache?! ¿Qué tomadura de pelo es esta? Bueno, bueno…, ¿y qué dice después?

—«Allí estaba yo, con los brazos tiesos y extendidos, él me colgó encima su taparrabos —que, por cierto, despedía un intenso aroma—…».

—No escatima en detalles, ¿eh?

—«… Se subió a un cubo, mas, cuando ya estaba a punto de dejarse caer, aflojé los brazos y allí se quedó, boquiabierto por no poder consumar el suicidio. Ese era el momento perfecto para revelar mi verdadera naturaleza, lo que hice entre risas atronadoras cuyos ecos se multiplicaron por toda la aldea. Sakuzô estaba tan conmocionado que se limitó a huir suplicando auxilio, sin molestarse siquiera en recuperar el taparrabos…».

—El mapache es un maestro del engaño. ¿Y qué haría con el taparrabos?

—¿Enfundarse las bolas? —Estalla una carcajada general. Estoy a punto de explotar, por suerte el barbero me aparta la navaja de la cara.

—Esto es la monda, sigue leyéndonos. —A Gen se le ve entusiasmado.

—«Sé que el vulgo levantará un dedo acusador contra mí, dirán que yo embrujé a Sakuzô; lo cierto es que tales poderes se hallan fuera de mi alcance. En realidad, el joven deambulaba por la aldea pidiendo a gritos que lo hechizaran, si lo conseguí fue por eso, simple y llanamente. Las técnicas del clan mapache no se diferencian, en lo esencial, de las que emplean reputados psiquiatras y alienistas. En efecto, la hipnosis es un arte que nos ha permitido engañar a innumerables individuos y egregias personalidades. Que en Japón se los trate como una eminencia, cuando su único mérito ha sido agenciársela a través de los mapaches del lejano oeste y comercializarla bajo esa etiqueta pretenciosa, no es más que otro signo de la rendición incondicional de este país a todo lo occidental, una calamidad ante la que apenas puedo contener mi disgusto. ¿A qué tanto revuelo, cuando nuestros hermanos siguen practicando las técnicas originarias de Japón? Las nuevas generaciones de japoneses nos subestiman, por eso mismo quiero rogarles, en nombre de todos los mapaches del país, que mediten sobre este asunto».

—El mapache nos ha salido un pejiguero de primera —comenta Gen.

Matsu baja el libro.

—¡No, no! ¡Tiene toda la razón! Si lo piensas, hay cosas que no cambian nunca, eran tan ciertas hace mil años como lo son ahora. Los embaucadores se valen de nuestras debilidades. ¡De ahí la importancia de mantener la cabeza fría! —Una airada defensa de las tesis del mapache por parte del tal Matsu.

Ahora que lo pienso…, ¿anoche no sería yo víctima de una de estas criaturas? Salgo de la barbería sintiéndome miserable y, por qué no decirlo, bastante decepcionado conmigo mismo.

Cuando llego a casa deben de ser las diez. Enfrente hay aparcado un coche. Una risa femenina se filtra por el estrecho enrejado. Toco el timbre, me abren y entro. Cuando me estoy descalzando, oigo decir: «Debe ser él». La puerta corredera se abre suavemente y Tsuyuko me recibe con un semblante cálido como la primavera.

—Ah, ¿has venido a verme?

—Sí, porque después de la visita tan rara que nos has hecho a primera hora me ha parecido que te pasaba algo, por eso he venido en coche. La criada ya me ha hecho la crónica de vuestra noche. —La mira de reojo. De pronto, empieza a agitarse y ya no puede reprimir la risa. La vieja la sigue feliz y liberada de preocupaciones. La risa de plata de Tsuyuko, la de latón de la vieja, y la mía, de cobre, armonizan como si formáramos un coro, y, de repente, se respira en esta casa alquilada por siete yenes con cincuenta sen una alegría que invoca la primavera más espléndida que yo recuerde. No creo que el mapache de Genbê armara semejante bullicio.

*

Tal vez sea mi imaginación, pero me da la impresión de que, desde aquel día, Tsuyuko me quiere más.

Cuando vuelvo a ver a Tsuda, le narro aquella noche recreándome en cada detalle. Después de escuchar mi relato, considera que el caso es especialmente interesante y me pide permiso para incluirlo en el libro que está escribiendo. Ese señor K. de la página 72 de la *Teoría de los espectros*, del profesor Makata Tsuda, soy yo mismo.

Esta edición de *El eco fantasmal de un koto*,
compuesta en tipos AGaramond 13/16
sobre papel Munken Print Cream de 115 g,
se acabó de imprimir en Madrid
el día 19 de junio de 2025,
aniversario del nacimiento
de Osamu Dazai

OTROS TÍTULOS DE MINILECTURAS

Kirstin Valdez Quade
Cristina la Asombrosa

Anne Seghers
Tres mujeres en Haití

George Sand
L'Orco

Truman Capote
Niños en su cumpleaños

Gonçalo M. Tavares
Bucarest-Budapest: Budapest-Bucarest

Raymond Roussel
Cómo escribí algunos de mis libros

Gustave Flaubert
Un alma de Dios